SCHERBEN

Ich bin ein zerknittertes Bild,
ein Spiegel in tausend Scherben.
Ich liege verstreut am Boden,
ein Mosaik aus bunten Resten,
wertlos für den, der den Ursprung
nicht kennt.
Nimm einen Besen,
beseitige mich.
Der neue Marmor muss glänzen.
Die neuen fremden Schuhe dürfen
keine Flecken bekommen.
Makellosigkeit.
Meister Propper bereinigte Flächen.
Hole den Besen,
mich ekelt der Glanz
in seiner Glanzlosigkeit.

Herstellung und Verlag:
Books on Demand GmbH, Norderstedt
ISBN 978-3-8370-6571-8

Wo?

Deine Blicke,
dein Ärger,
deine Küsse,
dein Weinen.
Deine Hände auf meiner Haut
Dein Lachen im Ohr,
dein Reden, Singen, Grübeln.
Dein Vorlesen am Abend,
Dein Brummen am Morgen.
Deine Freude über mein Dasein,
Deine Wut über meine Anwesenheit.
Dies alles fehlt mir
nicht so sehr wie du.

Buchstabengedicht

Jawohl
dU,
Liebste,
Im
Arm,

Drücken
Und

Ficken.
Einen
Himmel
Lang.
Streiten,
verTragen

Mach
dIese
Realität

AMAZONE

1000 Leoparden
in der weiten Steppe.
Auf der Suche
nach unendlicher Nahrung.
1000 wilde Pferde
galoppieren durch das Herz.
Du Amazone treibst sie an,
nackt im gleißenden Licht.

Oh Kämpferin deiner Seele,
wo ist deine Hoffnung, dein Glaube, dein
Sinn.

1000 Träume,
Amazone der Lust,
1000 geheime Nächte.

Glühende Asche des Tages.

Heldin und Heidin,
erhöre den Gott des Kampfes.

Führe deine Pferde auf meine Steppe,
lasse sie grasen,
bis die Leoparden
sie auf andere Gründe,
in andere Wälder vertreiben.

Wenn die Wahrheit Falten wirft
und die Träume die Lügen verbiegen.
Wenn der Sinn mit der Seele Tango tanzt,
küsst dir das Leben die Stirn.
Ungeschminktes Spiegelbild,
spiegelverkehrt.

Irgendwo zwischen Fetzen
und zerrissenen Träumen
habe ich deine Liebe verloren.
In der Maschine gebleicht,
mit Seifenschaum zerstäubt.
Der Himmel bleibt grau,
das Herz schlägt weiter.
Der Glückskeks ist leer.
Irgendwo in der schmutzigen
Wäsche
zerknittert dein Bild.

Wieder und wieder,
für immer und mehr.
Durch alle Nichts,
in vergangener Zukunft
und ewiger Gegenwart
lockt mich die Lust
zwischen deine Schenkel.
Finden mich Träume
aus deiner Seele.
Dazwischen das Opfer,
der Sieger,
der Jemand,
des Ichs.

Unbekannte Tiefe!

Unbekannte Tiefe!
Wo finde ich Land.
In den Wolken entstandenes Bild
glitzernd im Regenbogenregen.
Ein Sandschleier verhüllt alles
in schimmernden Dunst.
Haut sehnt sich zur Haut.
Das Zittern des Neuen
liegt in der Hand
wie ein Igel im Schlaf.
Was kommt wird Vergangenheit,
was ausgesprochen
bleibt immer Zukunft.

Windkristalle schneiden die Haut.
Mut fällt schwer im Schleier.

Mondfelder und Schatten

Mondfelder!
Ich kenne sie,
kenne sie nicht.
Erhebungen, Täler
Glattgespült vom Schweiß.
Ich folge den kleinen Tränen
mit meinen Blicken nach
und wünschte mir selbst als Tropfen
auf deiner Haut gleiten zu können.
Und will es auch nicht,
denn Schweiß ist vergänglich,
und im nächsten Schauern
ist er verschwunden.
Ich aber will zurück
durch die Drüsen,
will leben unter der Haut.

WOHIN IM REST

Ich habe aus Koffern
geliebt.
Jetzt werde ich zu alt
um zu packen.
Zu bequem
um zu zweifeln.

NACHEN IM SCHILF

Zwischen den Wellen
am Ufer versteckt
liegt dein Lachen.
Auf Bildern für die Ewigkeit.
Sehnsucht singt aus den Sternen.
Ich bin Saturns Ring.
Nur manchmal berührt meine Aura
Die Hügel und Täler
Deines Planeten.
So sanft wie meine Hände
auf den Deinen.

GEHEIME LUST (für eine verheiratete Frau)

Haut unter deinen Händen
erblüht jungen Knospen gleich.
Und was sie verheißen
erfüllen deine Lippen.
Zart und sinnlich.
Ich suche die Kraft,
die ich zum Leben brauche.
In deinen Armen
ist Ruhe.
Ach könnt ich nur einmal
mit dieser Ruhe erwachen,
mehr möchte ich nicht,
denn deine Beine sind tabu.

Wenn deine Haut durch meine Poren dringt
und einen roter Mantel aus Samt
um mein Herz legt,
dann weiß ich,
das mir das Leben gefehlt hat.

IN ALLEN SINNEN

In jedem Text,
den ich lese,
verändern sich Buchstaben.
Sie formen immer
das gleiche Wort:
DU
In jedem Film,
den ich sehe,
werden die Schauspieler zu
DIR.
Und selbst der Wind
flüstert
DEINEN NAMEN.
Nur
DU SELBST,
du bist nirgends zu finden.
(08.04.1996)

ACH WÄR ICH DOCH...

EIN KLAGELIED

Ach wär ich doch ein Blatt im Wind,
dann könnt ich Reime schreiben.
Und hätte ich die Lust vom Kind,
mich würden Worte treiben.
Doch so bleib ich ganz bescheiden
der, der ich immer war.
Und werde wohl auf ewig leiden,
das ich den falschen Sinn gebar!

MITTEN IM STURM DIE EWIGE FREIHEIT

10 Jahre der Begierde,
Gefühle ohne Reling,
am Mast vertäut.
Die Wellen schlagen über mich.
Doch ich bleib stehen.
Hätte ich gewusst,
du machst die Taue los,
ich hätte dich ziehen lassen mit dem Wind.
Er hätte dich an mir vorbeigeweht,
und ich wäre aufgestiegen,
um deinem Sturm zu folgen,
frei wie ein Delphin.

REGENGEDANKENFETZEN

Im Regen fordern Grimassen ihr Recht.
Auf den nassen Pflastern klatschen die Schritte
wie Fäuste in den Pfützen aus Tränen.
Engumschlungen suchen Menschen Schutz
und schutzlos stoßen sie sich
tief in die Seele.
Ich liebe den Regen.
Er spült die Masken fort.

TIEF

Tief in der Seele,
im Schwarz deiner Augen
wenn du sie öffnest,
trotz des Kampfes
der wütet,
vernichtend,
verringernd,
sieht man ein Blitzen,
einen Strahl
der Leben verheißt
und der begierig macht
 mehr zu sehen.
 Ach könnt ich-
ein Stück nur-
der Kraft teilen.
ich wollte sie hundertfach zurücksenden.

LIEBEN UND LEIDEN

Lieben
Intensiv
Ehrlich
Bedingungslos
Erdig-
Natürlich
  und
Leiden
Einsam
Intensiv
Dramatisch
Ehrlich-
Natürlich.

Lieben
und
Leiden.

Ich danke für dein Lieben.
das Leiden ertrage ich gerne,
es ist bedeutungslos
gegen das Leben
deiner Liebe.

LUSTSTRAHLEN

Sammle meine Strahlen ein.
Wirf sie in die Luft
und höre Ihnen zu, wie sie
singen.
Ihre Musik ist die Lust.
Die Lust am Leben.
Die Lust der Liebe.
Und die Lust am Atmen.

TRAUM-MANN

Wenn der Schlaf dich lächeln lässt,
und die Träume mit bunten Farben spielen.
Wenn der Sturm des Tags
langsam zur Ruhe kommt
und Engel der Nacht
deinen Atem bewachen,
dann schicke ich einen Gruß zu dir,
und schleiche mich sanft
hinter deine Lider.
Denn ich bin der Sandmann,
der sanft dich begleitet
wenn du auf Wolken in den Traumhorizont
gleitest.

ROMANTISCHE ROSEN

Würde die Welt aus 1000 Rosen bestehen,
so würd' ich dir 900 schenken.
100 jedoch würde ich blühen lassen,
eine Rose für jedes Jahr unserer Liebe.

KATZE (Für Otzi)

Du fährst deine Krallen aus,
fauchst mich an.
Bist nicht aufzufinden,
und doch immer da,
wenn man dich braucht.
Tränen bringen dich zum weinen,
und Bäuche zum schnurren.
Und Tränen hast du viel gesehen
in all den vielen Jahren.
Du hast geschmust,
deine Liebe gezeigt,
und ich bin sicher,
auch jetzt
wirst du alle himmlischen
Herzen verzaubern.
Und nachts,
wenn wir träumen,
kommst du noch immer heimlich,
und drängelst dich in unsere Mitte.

ABSCHIED

Durch den Rauch deiner Zigarette
wird dein Bild vom Winde verweht.
Von Ferne hör ich ein Rauschen-
das erstickende Röcheln der Wellen
die uns getragen haben.
Selbst das eiskalte Band aus Stahl
um meine Herz
tut nicht mehr weh.
Es ist mit dem Fleisch verschmolzen.
Gehört zu mir
wie meine fehlende Seele.

ICH + DU = ...

Zwischen all den Schimmern der Zukunft
und den Trümmern, die ich hinterlasse
ist der Weg nicht immer erkennbar.
Ich taste mich durch Gefühle,
schwebend im Takt des schmerzenden
Herzens.
Bin ich bereit durch Sturm und Sonne,
durch Sand, Moos, Kies, Geröll
deine Seele zu tragen,
deinen Körper zu schützen.
Oder will ich versinken
in den Perlen der Lust
im Strom aus Poren und Nüstern und Lenden.
Kann ich eins sein
in der Baustelle des Alltags,
in Schluchten zwischen en Gipfeln,
im reißenden Bergstrom,
im ruhenden Meer.
Bin ich der, für den du mich hältst,
oder auch nur ein Trugbild der Hoffnung.
ich aber gehe dahin
und hoffe auf die Stärke der Zeit,
auf Lieb aus gehärtetem Stahl.
Rostfrei.
Hochwertig.
Unkaputtbar.

HEIMLICH

Heimlich,
zwischen zerwühlten Träumen,
irgendwo zwischen Nacht und Zukunft,
schreckhaft ertaste ich deine Hand.
Warum ist das verbotene Kissen
mit Sehnsucht gefüllt.
Und bleibt uns kein Morgen,
so will ich den Morgen
in deine Augen.
Das begierig-glühende Rot
auf deiner nackten Haut,
tausendfach den Schein der Zukunft
heuchelnd.

LIEBESGEDICHTE AUS DEM NETZ

HEUT NACHT

Heut nacht werd ich dich streicheln,
küssen,
mit dir schlafen.
Doch morgen früh ist dein Kissen kalt,
und es war doch nur ein Traum.
   (02/03)

✦ ✦ ✦

WO?

Mir fehlt deine Stimme.
Wo schwebe ich zwischen den Welten,
wenn kein Lachen mich führt?
Mir fehlt deine Stimme.
Sie zeigt mir den Weg
zu deinem Körper,
zu deiner Seele.
Du lässt mich in ihr suchen,
nach der Liebe,
die du mir leihst.
Mir fehlt deine Stimme.
(02/03)

✦ ✦ ✦

WEINTRAUBEN

Grad aß ich grüne Trauben.
Wo ist dein Nabel.
Meine Zunge schmeckt nur den süßen Saft.
Und würde so gern das Salzige spüren.
(11/02)

NACHTLIEBESLIED

Die Nacht schwebt über mir,
und irgendwo zwischen den Wolken,
zwischen Regen und Wind
schweben meine Küsse zu dir.   (11/02)

4 ZEILEN

Wenn der Mond mit den Sternen spazieren
geht,
und die Sonne sich auf ihrem Bett zur Ruhe
legt,
trägt der laue Wind deinen Namen in die
Blätter,
und der Duft deiner Haut füllt meine Poren.
(2/02)

LUST

Wieder und wieder,
für immer und mehr.
Durch alle Nichts
in vergangener Zukunft
und ewiger Gegenwart
lockt mich die Lust
zwischen deine Schenkel,
finden mich Träume
aus deiner Seele.
Dazwischen das Opfer,
der Sieger,
der jemand
des Ichs.
(11/02)

✦✦✦

EROS AERO

Wenn die Sonne die Sterne berührt,
und der Wind mit dem Schweigen tanzt,
berührt meine Hand
ganz zart
die Knospen
deiner Haut.   (03/02)

✦✦✦

NOCH 54 TAGE (UNENDLICHE ZEIT)

Ganz zäh tropfen die Stunden aus der
stillstehenden Zeit.
ist es wirklich erst einen Tag später
wie vor einer Woche?
ich sitze hier
in der Unendlichkeit der lähmend langsamen
Tage gefangen.
und nur ganz langsam kommst du zu mir.
(18/09/02)

GEBROCHENER FLÜGEL

Ich schwebe im wolkenlosen Himmel.
Um mich herum nur seelenlose Seelen.
Müllhalde der verlorenen Illusion.
Durchlöchert von giftigen Pfeilen.
Zerstäubt im Flakon des bleiernen Schweigens.
Keine Engel.

SCHON MÖGLICH

Vielleicht friert die Schneeflocke im Winter!
Vielleicht hat der Regenwurm einen Schirm!
Vielleicht liebt der Windbeutel die Sturmböe!
Vielleicht vergeude ich meine Zeit!

EINSICHT INS CHAOS

Krümel am Boden.
Zerknülltes Papier.
ist das die Heimat
die Heimat sucht?
Unsortiert,
achtlos in der Ecke.
Wen wundert`s, dass ich genauso bin.

DAS UNGEWISSE ERWARTEN

Das Ungewisse erwarten.
Endet der Abend mit einem Morgen?
Oder gehe ich meinen Weg
an der Küste entlang,
verfolge meine eigenen Spuren.
Wieder das Ungewisse im Blick.
oder das Unerwartete vor mir!

GEILHEIT UND TANGO

Wo sind die Körper,
die glühenden Schenkel,
der Schweiß in den Tälern
und Höhen der Lust.
Die Lippen entsagen schon lange den Lippen
und verbrennen
ohne die löschende Glut.
Begierde,
du hast einen Namen.
Begierde,
ich schrei ihn heraus.
Die Liebe in meinem Schoß,
Begierde,
die Lust,
sie lässt mich nicht los.
Wo ist sie, die Zunge,
die mich ertastet.
Begierde,
du unsägliche Malerin,
malst ein Bild in meine Träume:
2 Paare im Tango.
Begierde,
ich werd dich nicht los.

GOLDENE TRÄNEN

Goldene Tränen ertränken die Furcht.
Dunkle Augen.
Magie in Blick.
Würde ich versinken,
ich hätte keine Furcht.
Wär ich doch gern
eine goldene Träne in deinen Lidern.

NÄSSE

Die nasse Haut der Strasse
unter meinen Füssen.
der feuchte Mantel der Luft
einen Dieb umhüllend.
Augenblicke der Erwartung.
Lichtblitze,
Polaroids.
Die nasse Haut unter meinen Händen.
Zukunft wo immer.

NICHTS

Zerklüftete Furche.
Tiefe Schnitte ins Fleisch.
Die Tiefe
besiegt die Weite.
Schwarzes Loch.
Überstrahlt das Leben.
Stehe ich noch?
Falle ich schon?.
Gib mir Flügel.
Wo ist der Willen,
das Wissen.
Wo ist das Ziel?

GESANG

Lichtscheue Farben.
Moosgleich,
wolkenflüchtig!
Vorsichtig halten,
nicht zerbrechen.
Glaszarte Töne!
Langsam erblühend im Lächeln.

ALL

Gedanken im Universum
wie Planeten die Seele umkreisend.
Versuchung des Sternes
auf die Erde zu stürzen.
oder umgekehrt.
Irgendwo eingebettet
die unschuldige Schuld.
Körpervolle Sehnsucht.   (04)

DUNKLE NÄCHTE

Wenn der Wind durch die Bäume streicht,
wie ein Dieb, der mir die Träume stehlen will,
und ich auf dem Rücken liege,
und die Dunkelheit zähle,
dann wähne ich mich bei dir,
und sehe doch nur schemenhafte Schatten,
die über die Decke streichen,
sanft meinen Körper berührend,
und manchmal doch kalt
wie die Melancholie:
Oder flüchtig
wie die Einsamkeit.   (03/03)

LEERER NEBEL

Wenn Zeit aus den Bäumen tropft
wie Harz aus den Falten des Winters.
Wenn in den Tiefen des Schweigens
kein Laut das Leben verrät;
dann ist der graue Nebel der Sieger,
in dem alle Schemen verschwimmen
zu konturlosen Hüllen,
dann ist meine Haut,
dein Bett,
so leer.   (03/03)

NATURGEWALTEN

Blitze züngeln in die Bilder der Zukunft.
Die Gegenwart zerschmettert
in den Torpedos der Träume.
Zerreiß dir dein Hirn,
und dennoch ist der Himmel rot
wenn die Sonne die Liebe verbrennt.
Wirf die Gedanken wie Granaten in deine Worte,
und dennoch bleibt das Meer
so blau wie am Anfang.
Blende dir die Augen,
und dennoch wirst du die Wahrheit
am Ende doch nur in mir entdecken.
Denn ich bin das Bild
und die Sonne
und das Meer.
(04/03)

STERBENDE

Ich lege meine Träume auf die Fensterbank
und sehe ihnen zu, wie sie verwelken.
Mit jeder Sekunde
die aus den Blättern fällt
versinkt auch der Horizont.
Zurück bleibt das Gerippe
im Staub aus Verwesung.
Und irgendwo dazwischen
sitzt ein verlorener Mensch.   (04/03)

SEHNSUCHT

Zwischen roten Felsen
die blauen Felsen deiner Seele.
Funken deines Lachens
entzünden die Sterne auf meinem Firmament
Irgendwo unter der Erde meiner Gefühle
regen sich Triebe,
von der Sonne erweckt
und von dir gepflegt.
Hier vor mir
liegt das Leben,
und dort,
du bist der Horizont.
(09/02)

EIN KLEINES GEDICHT

In den Pfützen der Dunkelheit
flackert ein Lächeln
wie ein Streichholz
immer am Rande der Verstummens.
In deinen Augen spiegelt sich der Schein
viele Male
und erscheint so gross.
So gross.   (02/02)

DUNKELHEIT

Die Nacht hängt schwer über meine Träumen.
In den unendlichen Weiten meines Bettes
spielen Kobolde mit meiner Sehnsucht.
Ach könnte mich doch die Wärme deines Körpers retten
und die Sterne zum tanzen bringen.
(09/02)

WILDE PFERDE

Wilde Pferde galoppieren an mir vorüber.
Auf den Schwingen eines Adlers
gleiten die Träume dahin.
Und die Hufe stampfen die Lust in den Boden.
Deine Sinne nehmen den Geruch auf,
den die Hengste hinterlassen.
und das Kreischen des Adlers
bringt meine Sehnsucht.   (09/02)

ZU HAUSE

Kennst du die Fussel im Bauchnabel?
Gestern hatte einer dein Gesicht.
Und im Duft der Frikadellen
erkenne ich dein Parfüm.
Nur die Handtücher
sind nicht annähernd so weich wie dein Körper.

Alles ist wichtig,
doch nichts ist Ersatz.   (10/02)

HERBSTZEITLOSE

Herbstzeitlose Stunden.
Bäume blättern die Seiten um.
Verwehungen der Gedanken
in den Stürmen
die Landschaft verändern.
Herbstzeitlose Zeit.
Bis ich abheb
im Sturm der Gefühle.
Letzte Nächte in Dunkelheit.
Letzte Tage in Herbst.
Zeitlos.   (11/02)

STERNENTRÄUMER

Gedanken, Fragmente, Gedichte.
Entstanden aus Musik, in Musik, mit Musik.
Jeder Gedanke zu seiner Musik.

Sanft fällt die Seide
in den Sand der Begierde.
Die Augen geschlossen
spüre ich den Takt deines Herzens
im Gleichklang mit der zerronnenen Lust.

***

Ich baue Schlösser in den Sand,
begieße sie mit meinen Tränen.
Das Salz vertreibt die Sorgen.
Irgendwo da unten ist das Feuer,
das ich brauche,
um nicht zu verbrennen.

***

Ach wäre da nur ein Augenblick,
dem ich trauen könnte.
Nur ein kleiner Augenblick,
der eine Weile innehält,
mich mustert,
mich beleuchtet,
und lächelnd weiterzieht.

***

Nimm mich fort
in den Raum.
Lass die Zeit für uns verschwimmen.
Sei einfach, du Sternenträumer.

***

Dort, wo du bist,
ist auch mein Herz.
Meine Seele schwimmt auf dem See der Tränen.
Wir sind wie Kinder im Sand.
Wir bauen Burgen,
und tiefe Gräben schützen sie vor dem Meer.
darin wohnen wir.
Bis wir uns finden.
Oder das Meer.

***

Hörst du noch dein Herz?
Weht noch der Wind deiner Seele?
Lachen die Sterne noch?
Sei mein Begleiter in der Nacht,
wir finden die Orte zur rechten Zeit

***

Die Liebe ist dumm,
sie findet nie den, der sie verdient.
Du solltest sie haben,
doch ich sehe sie nicht.
Oder packst du sie in alten Zeitungen
wie stinkenden Fisch.
Gib ihr einen neuen Anstrich
in all dem Grau der Welt.

***

Komm, wir tanzen alles weg.
Jetzt ist der Punkt.
Jetzt ist die Zeit.
Jetzt ist der Raum.
Lass uns springen zur Musik,
weit in die Lüfte empor,
und hoch in die Ferne.
Komm, wir tanzen alles weg.
Was ist schon der Raum,
was ist schon die Zeit,
raumzeitlose Schönheit.

***

Kleiner Schmetterling,
hier sind die Rosen.
Betört dich der Duft,
betäubt dich der Geschmack?
Ich stelle sie hierher,
direkt ans Fenster.
Du sollst dich nicht verirren,
kleiner Schmetterling.

***

Ich bin allein.
Das Schiff hab ich verpasst.
Ich sehe den Fährmann im Nebel verschwinden.
und die Weite des Ozeans schreit nach mir:
„Komm doch, komm, schwimm hinterher."
Doch zum Ertrinken bin ich noch nicht bereit.

EIN NEUES JAHR

Der Sturm des neuen Jahres
bläst alles fort, was ich nicht halten kann.
Für eine kurze Zeit
umspülen hohe Wellen
die Narben der alten Zeit.
Ach könnte das Meer doch immer aufbrausen
und hätte auch ich die Kraft des Sturmes,
ich würde deine Lippen küssen,
und nicht vergeblich verschmachten.
Doch, ach, der Sturm er legt sich wieder
und auch die Wellen geben alle Risse wieder frei.
Und ich muss wieder ein Jahr warten,
ein Jahr mit Trauern um fehlenden Mut
und voller verpasster Gelegenheiten.

Was nach dem Regen bleibt

Sieh im Nebel deines Spiegels
rauchumwandert ein Gesicht.
Tote Lichter,
stumme Schatten,
schwarzes Licht
lässt dich zerfließen
in 1000 Ströme voll Vergessenheit,
in Sternschnuppen verblichener Lust.
Dies hier bin ich,
dort werde ich sein.
dazwischen das Tote Meer,
eine blasse Oase,
das ausgedorrte Wasserloch deiner Erinnerung.

Es ist nicht Trauer,
nicht mal das,
es ist nichts, kein blasser Schimmer,
kein: Da war doch mal..... .
Nur ein stummes Telefon,
und leere Seiten im Buch.

GELIEHENE ZEIT

Geliehene Zeit
auf Fotos verewigt.
Korsikas Berge,
chilenisches Eis.
Als wir uns trafen
auf saftigem Grün
sahen wir nicht
die Felsen am Horizont.
Wir strauchelten aufwärts,
wir gaben oft auf.
Und traten bei jeden Schritt
eine kleine Lawine los.
Und zwischen dem Staub
verloren wir uns aus den Augen.

ALT AUF NEU

Fotos,
Bilder,
alte Texte!
Fetzen der Erinnerung,
die ich längst weggedacht
bilden Eisblumen in der Seele.
Melancholie nährt die Einsamkeit.
Längst versiegte Brunnen meiner Augen,
ihr füllt euch mit Leben.
Ich schließe sie weg,
die alte Zeit.
Ich glaube die Neue bauen zu können.
Doch sie entsteht ohne Kelle und Schrauben.

HEIMATLOS

Heimat!
Ein Wort.
Ein Blick.
Ein Gegenstand.
Ein Ort.
Endlich ankommen.
Oft sehne ich mich danach.
Wo ist der Hafen.
Ein Schiff auf See
macht mehr Sinn
als in der Werft.
Doch ohne Boden
gibt es nur Löcher.
So suche ich weiter
und lasse mich finden.
Von Worten.
Von Gesten.
Von Dir.

NICHT ENDEN WOLLENDES GEDICHT (MAGIE)

Wohin haben mich die Füße
der wilden Gazelle getragen.
Wann bleibt sie stehen
die geliehene Zeit der Erinnerung.
Irgendwo
zwischen allen Pausen
und wortlosen Räumen,
irgendwo
zwischen hier
und dem nicht kommenden Später
liegen die Reste
verscharrt in den Sand.
Heimliche Kräfte
verändern die Form.
Nicht enden wollendes Gedicht.

GANZ KURZ

Ich schrieb ein paar Zeilen,
nur flüchtig in den Wind.
Ich sah sie dahin treiben
wie welkende Blätter
im herbstlichen Bach.
Und es schien schön,
als sollte es so sein.

EWIGES SCHWEIGEN

Gib mir die Worte zurück.
Du hast sie gestohlen,
gehäckselt,
verlegt.
Ich finde sie nicht mehr
im watteverpackten Schweigen.
Der Mund bleibt verklebt,
die Zunge verschwunden.
Komm, lass uns das Schweigen durch Küsse
erdrücken.
Unsere Körper sprechen die Sprache der Drüsen.

WARTEN

Wie schön sie ist,
die Erwartung auf dich.
Ich könnte ewig warten.
Mit schweißnassen Händen.
Nervöse Blicke.
In den Boden gestemmte Füße.
Das Warten ist schön.
Denn ich weiß,
das es endet.

Doch bist du dann da,
beginnt der Abschied,
und damit das Warten
auf den nächsten Beginn.

UND WIEDER REIßEN WORTE
WUNDEN IN DEIN HERZ

Und wieder reißen Worte Wunden in dein Herz.
Verschlackte Emotionskanäle.
Verzweifeltes Lächeln
gegen verzweifeltes Sein.
Der Rest ist Schweigen.
Doch vorher war kein Reden.
was also verlieren wir.

Und doch sind da Fetzen
von meinen Schwertern.

Geh doch, hau ab, rette dich!
Doch es ist zu spät.
und das macht es noch schlimmer.

EIN STÜCK UNENDLICHKEIT

Umfange mich mit deinem roten Samt,
ergieße deine ganze Fülle
um meinen vor Erregung wilden Körper.
Wenn ich mich
in deinen weichen Schoß begebe,
wollüstig des Duftes und der Wärme,
so ist dies das einzig wahre Glück,
dem ich so oft bin nachgerannt,
wohl wissend,
dass es mir nicht glücken kann,
dies Gefühl jemals zu fassen,
ist es doch flüchtig wie der Wind
im Haar des sterbenden Sommers.
Und ist es mir doch einst geglückt
ein Stück des Hauches zu erhaschen,
so ist es flüchtig
wie ein Flocken verlornen Wassers,
das herniederfällt,
wenn aller Schnee doch längst gewichen
dem heiteren Singen, Musizieren,
dem Flanieren auf der Faust' schen Flur.
Mit Glück steht' s ebenso.
Hab ich' s nach aller Mühe,
allen ach so kummervollen Streben
als prächtig leuchtende Trophäe,
so ist es, wie die Kerze
im allzu grellen Sonnenlichte
dahingeschmolzen,
entflohen,
entlebt.
Oder wie ein Bild,
das ich mir machte
einst von einer mir Geliebten,
doch das nicht standhielt,
als ich sie dem Abbild angeglichen.
So mag dies auch an ihr gelegen,
an ihr,

die einst ich so begehrt.
Sie, die einst mein Herz bewohnt,
sie war nicht minder hübsch, mitnichten,
auch war ihr Geist nicht mehr verwirrt als
meiner.
Sie zu formen fiel nicht schwer.
Allein zu halten dieses Wachs in Form und
Größe,
dies wollte mir nicht glücken.
So ging sie fort, ich ließ sie zieh' n.
Ich packte ihre Koffer noch,
bevor den letzten Atemzug
mein Schal aus ihrem Körper presste.
Doch das ist lange her.
Nun will ich ruh' n in deiner Fülle,
will meinen Körper deinen Formen übergeben.
Noch früh genug wird mich Gevatter holen,
dann will ich hier sitzen,
eng geschmiegt an dich.
Du hast mir steht' s zur Seit gestanden
in all den Jahren, die ich ruhelos umher zog.
Die ich mit Lernen nur vertan,
und meine Jugend hinter mir verlor,
wie ein unachtsam eingesteckter Gulden.
Doch wenn er kommt,
der den wir alle fürchten,
und den wir doch gar allzu oft
hier unter uns gewähnt erhofft, erwartet,
so will ich aufrecht sitzen auf
dem Sofa,
und mein letztes Wort
soll sich mit deinem Samt verweben,
als Mahnung, Achtung,
als Erinnerung,
und soll begleiten dich,
mein liebstes Möbelstück.
Ich schenke dir
ein Stück Unendlichkeit.

DEIN KOPF TUT MIR WEH

Dein endlos plapperndes Schweigen
höhlt meinen Kopf
wie eine Marmorwand im See,
an dem die ständig nagenden Wellen
ein Loch einschneiden,
das den Stein schließlich verschluckt.
Jede Silbe
Die du nicht sprichst
ist ein Hammerschlag auf den Amboss der Liebe.
Ja, Liebe.
Auch Verlangen ist Liebe.
Auch endlose Träume,
zerflossen auf deiner Hand,
geträumt in deinen Augen
sind Liebe.
Und so liebe ich dich fort,

fort, fort, fort, fort, fort, fort, fort, fort

LIEBESGEDICHT

Nun, da Sterne gewichen sind,
der Lärm aus Strasse, Arbeit, Menschen
meine Welt erfüllt,
strebe ich nach dem einen Blick,
dem Lächeln,
welches die Eile für eine Sekunde verharren lässt.
Die Zeit einfriert.
DU?

FALSCHES SPIEL

Ich bin gefangen.
Falsche Seele.
Falscher Körper.
Oder umgekehrt.
Hab ich mein Leben nicht schon lange verzockt?
Welchen Sinn sollte es dann haben,
darüber den Sinn zu verlieren,
was an mir schon vorbeigezogen ist.
Doch diese Augen,
die nicht meine sind,
ich sollte sie ausreißen
oder mir die letzten Nerven
aus dem toten Schädel spritzen.
Diese Augen können gar nicht sehen,
was vor mir liegt,
denn sie sehen ja nur das,
was dem gehört,
dem diese Augen gehören.
Ich bin jetzt und meine Träume –
Ja, meine Träume,
die gab es wohl mal,
irgendwann,
davor.
Vielleicht nach einem langen Schlaf,
wenn ich erwachen sollte,
vielleicht sind sie dann wieder da.
Im weißen Kittel,
im Anzug,
im hellen Licht.
Bis dahin will ich weitergehen
Und weiter
Und weiter
Vor,
zurück,
hin,
her,
egal,
nur weiter,
weiter, weiter

AUCH EIN GENUSS

Heiß dampft der Kaffee.
Dazwischen verschwommen ein Blick.
Augen, die mich beobachten,
jetzt,
da ich die Tasse zum Trinken ansetze.
Ich senke den Blick
Und spüre die Gier
Auf das heiße schwarze Getränk.
Ungefährlicher
Als die Sucht deinen Blick zu finden.

TIEFE GEFÜHLSWELTEN

Vertrauen macht nicht immer blind.
Sonst sähe ich die Freude nicht.
Dein Lachen reißt mich mit.
Hinauf, hinweg.
Lass neue Welten da entstehen,
wo meine Welten enden.
Langsam erkenne ich,
zwar fern noch,
aber näher treibend
ein Boot, das mich hinüberbringt.
Dort halt ich dich
Und vertraue unseren Freuden.

STÜCKETITÜDEN

1. Die Jacke

Beliebiger Platz. Ein Mann auf einer Bank, die Jacke neben sich. Ein anderer Mann kommt, nimmt die Jacke, zieht sie an.

1:      Entschuldigung?
2:      Natürlich
1:      Das ist meine Jacke
2:      Und das ist meine Hose.
1:      Geben Sie sie mir zurück?
2:      Warum?
1:      Sie gehört mir.
2:      Beweis es!
1:      Ich habe sie getragen.
2:      Irrelevant
1:      Mein Schlüssel ist in der Tasche. Und meine Brieftasche!
2:      Mal sehen.

kramt in der Brieftasche

2:      Schönes Bild. Warst ja tatsächlich mal jung. Ich dachte, Leute wie du sind immer alt. Schon mit graumelierten Haaren geboren, was? Mit Goldgestellbrille und Krokodillederschuhen. BMW oder Porsche? -- Nein, Volvo, ja, schwarzer Volvo mit Klimaanlage, ABS, Airbag und natürlich Navigationssystem. Leute wie du brauchen nicht den Weg zu wissen. Immer nach oben, immer geradeaus, für alles andere gibt es ja die nette Stimme von CD: „An der nächsten Ampel rechts abbiegen."
Ja, du hast das Gesicht dafür, das typische Volvogesicht.

1:	Geben Sie her!
2:	Der sterile Geschäftsmann aus der Werbung. Und heimlich sich einen runterholen, weil dich die Stimme aus dem Navi so aufgeilt: „Beim nächsten Stöhnen bitte kommen."
1:	Geben Sie verdammt nochmal her!
2:	Die Jacke?
1:	Ja, auch, alles.
2:	Ist nett mal du zu sein. Ein ganz neues Gefühl. Feiner Zwirn statt grobem Leinen. Man kriegt gleich einen Gang wie ----, ja, wie beim Wiener Operball.

holt das Zigarettenetui heraus

2.	Feine Marke. Hast du mal Feuer?
1.	In meiner Jacke
2.	Oh ja

gibt sich Feuer

2:	Willst du rauchen?
1:	Ich will meine Jacke.
2:	Solltest noch mal rauchen. Schmeckt nach großem dekadenten Leben.
1:	Ich weiß
2:	Ach ja, richtig. Bin ja jetzt du. Verheiratet? Klar bist du verheiratet. Eine schöne blonde Frau. Volle Lippen, feste Brüste.
1 *(heftig)*:	Seien Sie ruhig. Ich habe keine Lust auf Intimitäten. Meine Frau gehört mir allein.
2:	Bist du sicher? Ich wette, jetzt, in diesem Augenblick, gerade jetzt öffnet eine fremde Hand ihr Kleid. - Nein, fremd ist er ihr natürlich nicht

mehr. Eigentlich Unsinn vom Fremdgehen zu reden, findest du nicht? Bekannt-ficken wäre genauer, oder? -- Oh, entschuldige, das ist ja nicht dein Gebiet. Bei Liebe endet deine Kompetenz. Tja, und da hat sie sich eben alleine weitergebildet.

1: Unsinn.

2: Sicher?

--

--

Schweigen

2: Siehst du, jetzt habe ich den Samen des Misstrauens gesät. Deine heile Welt bröckelt. Oh, tut mir leid, jetzt habe ich ein Loch in die Jacke gebrannt. Tut mir leid. Bulgari?

1: Was?

2: Bulgari? Der Anzug.

1: Joop.

2: Was?

1: Joop

2: Dachte ich mir, dass du keinen Geschmack hast. Aber das hat sie mir schon gesagt.

1: Wer?

2: Die blonde Frau.

1: Wer?

2: Sei nicht dumm. Die Frau, die nicht mehr deine ist. Du hast dein Besitzrecht verwirkt. Du wirst - enteignet.

1: Enteignet?

2: Entmannt!

1: Sie kennen meine Frau.

2:      Nicht mehr deine. Ich bin jetzt du. Sie lässt dich
        noch mal grüßen. Schade! Bulgari steht mir
        besser.

1 (*laut*): Kaufen Sie sich einen. Nehmen Sie mein Geld,
        und stecken Sie sich in Kleidung, die Ihnen nicht
        passt. Lassen Sie mich nur endlich in Ruhe.
        Nehmen Sie meinetwegen meine Kreditkarte,
        meine Jacke, meine Schlüssel, aber lassen Sie
        mich.

2:      Was soll ich mit einer Kreditkarte eines nicht
mehr existierenden   Mannes?

1:      Wie bitte?

2 geht auf ihn zu, schaut auf das Label des Hemdes von 1

2:      Seidensticker. Nicht schade drum

er zieht ein Messer und sticht 1 nieder.

2:      Kein Geschmack. Aber das hat sie ja gesagt, um
        den Anzug ist es nicht schade.

*er geht zum Süßwarenstand, kauft eine Packung
        Marshmallows und geht.*

ENDE

J. sitzt in der Ecke. M. steht an einer Brüstung. M. bemerkt J nicht.
Schweigen

M: Du bist hier?
J: Ja.
M: Wo bist du?
J: Irgendwo.
M: Wer bist du?
J: Irgendwer.
M: Dann bist du es also.

Schweigen

J: Was machst du?
M: Nichts!
J: Nichts!
M: Nichts mehr.

Schweigen

J: Und vorher?
M: Vorher?
J: Vor dem Nichts?
M: Vorher?
J: Ja!
M: Vor dem Nichts?
J: Bevor du hierher gekommen bist...
M: Bevor ich dich getroffen habe.

Schweigen.
M guckt J an.

M: Ich weiß nicht... vielleicht...weiß nicht. Ist schon
so lange her, dass ich hier stehe.
J: Geh weg.
M: Geh weg!
J: Damit du dich erinnerst.

M. geht auf J. zu

M: Irgendwann hat jemand „Geh weg" gesagt. Da bin
       ich aufgestanden und bin gegangen. Dann kam ich
       an, und ein Anderer hat „Geh weg" gesagt, also
       hab ich meine Tasche genommen und bin
       gegangen, und als ich ankam, hat wieder einer
       gesagt „Geh weg", also hab ich mich angezogen
       und bin gegangen.
LAUT: Und jetzt will ich gehen, und du sagst, geh weg,
       aber wie soll ich weggehen vom weggehen.
J: Ja.
M(*LAUT*): Ja, einfach nur Ja. warum Ja. Jahrelang nur
       NEIN und NEIN und jetzt JA. Scheiße.
J: Zieh dich aus.
M: Ja.
J: Leg ich hin.
M: Ja.
J (*Küsst sie, fickt sie*)

M *steht auf, über die Brüstung*

M: Manchmal möchte ich was anderes, einfach was
       anderes.
J: Was denn?
M: Weiß nicht - doch, weiß....

BLACK

Gleiche Szene J sitzt in der Ecke, M. an der Brüstung,
    sieht J. nicht.

Schweigen

J: Heh.
M: Mein Gott, hab ich mich erschreckt.
J: Sorry, haste mal Feuer
M: Nein, ich rauche nicht.
J.   Schad.
M: Ja.

Schweigen

J.   Ich rauch auch nicht.
M: Aha.
J: Wollte nur mal sehen, wie du von vorne aussiehst.
M: Und?

Schweigen

J: Was machste denn hier?
M: Nichts.
J: Nichts? Und vorher?
M: Wie vorher?
J: Bevor du nichts gemacht hast.
M: Bevor ich hergekommen bin?
J: Bevor wir gesprochen haben

Schweigen

M: Nichts Besonderes. Eis gegessen, Musik gehört...
J: Hast du einen Freund?
M: Geht dich nichts an.
J: Geh weg.
M: Geh weg?

J: Geh weg.
M: Du kannst mich mal.

Schweigen

M. geht auf ihn zu

M: Geh weg hab ich auch gesagt, dann hat er sich
      angezogen und ich bin gegangen.
J: Warum?
M: Hatte das ewige Nein sagen satt, Nein und Nein.
      Also hab ich nein gesagt.
J: Gut so.

M. setzt sich

J: Toll.
M: Was?
J: Wer!
M: Wer?
J: Dein Typ. Bist doch ne tolle Frau und lässt dich
      für mich frei.
M: Für dich, aha.
J: Zieh dich aus.
M: Spinnst du?
J: Ja.
M: Dann ist es ja gut
J: Leg dich hin
M: Ja

J. küsst sie, zieht sich aus

M steht auf, geht zur Brüstung

M: Immer dasselbe.

J: Was?

M: Manchmal wünsche ich mir was anderes. das alles anders läuft.

J: Und was.

M: Egal, einfach mal die Zeit zurück drehen, und was anders machen........

BLACK

(aus: Der Dichter, Drama um Sprache - in der Entstehung)

Der Dichter: Und plätschern die Worte wie frisch geschmolzner
Schnee.
Und fallen Begriffe wie überreife Früchte,
So kann ich doch nicht fassen,
was ich nicht greifen will,
und lasse mein Laute vom dunklen Raum
umringen,
umzingeln von Steinen und Mörtel und Gips.
Nie werd ich dir sagen
was in mir erwächst.
Nie werden meine niedr'gen Worte
Die Höhe der Dinge beleidigen
Indem sie sich in Hülsen formen,
und in deinen Ohren die Zweifel säten,
die du doch schon längst hinter dich gedacht,
gefühlt, gefüllt mit deiner Seele.
Dein Lächeln eilt voran,
erobert die Brücken zu meiner Seele.
Und dennoch, mein Schweigen bleibt wohlbedacht.
So mag es denn sein,
das du mich liebst,
unwissend das ich das selbige tue,
und ich bin erleichtert
dass deine Ketten
nicht von mir geschmiedet wurden.

Marie: Und wenn ich Worte gern hören würde?
Nur einmal die Worte: Ich liebe dich.
Sinnlos, unbedacht, dahingesagt.

Der Dichter: Zu vieles, was unbedacht
In das Leben gehaucht, geschrien, geschlagen wird
Ist der Nagel, der uns durch den Kopf getrieben,
das Schwert, das uns das Herz durchtrennt.
Ich aber will nichts sagen, nichts schreiben,
was ich nicht gedacht, erfühlt und selbst im größten
Zweifel als richtig und wahr und einzig erleben
kann.